HERMAN VAN VEEN EN CRAZIE DUTCH MEN

HERMANUS.

applaus

2000 STRIP

STRIPS MET HUMOR

Eerste druk december 2015

Vormgeving: Strip2000

ISBN 978 94 62801 073

www.hermanvanveen.com
www.strip2000.nl

14

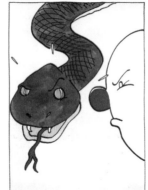

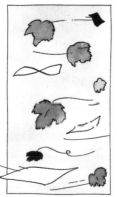

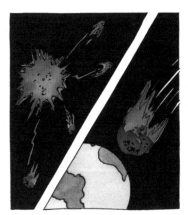

425

426

SILBERSTEIN
ROSENBERG
& COHEN
LAWYER

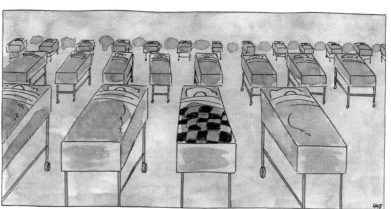

SBN 90-276-482 76

789027 648 927

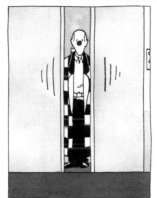
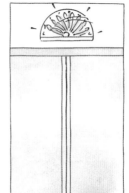

KLAP KLAP KLAP KLAP

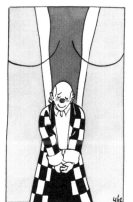

48

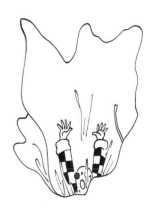

499

500

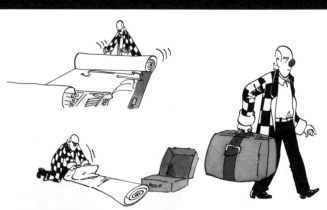

535

536

KLING KLING KLING KLING KLING

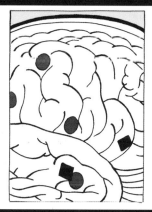
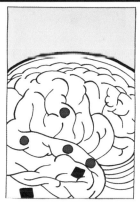
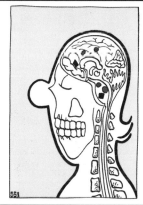
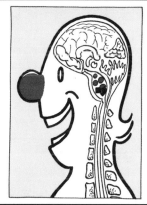

TRRRiiiiiiiiiiiiiiiiiiiNNGG!!

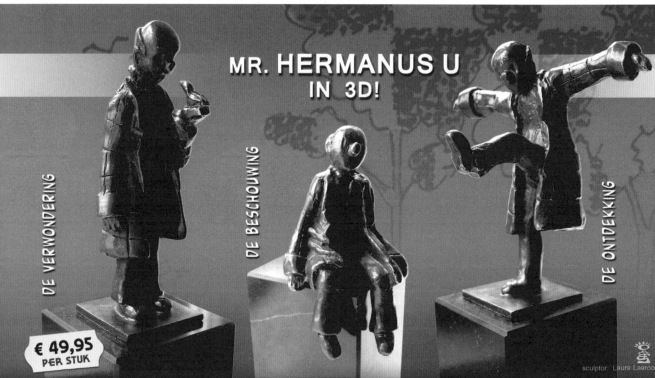